BONS MEUBLES

ET

Objets d'Art

SALON EN AUBUSSON

BRONZES, MARBRES

TAPIS ET BRODERIES D'ORIENT

VENTE

HOTEL DROUOT, SALLE N° 1

LE VENDREDI 20 FÉVRIER 1914

à deux heures

Me RENÉ LYON	M. H. LEROUX
COMMISSAIRE-PRISEUR	EXPERT
29, rue Le Peletier	52, rue du Faubourg-Montmartre

EXPOSITION PUBLIQUE

Le Jeudi 19 Février 1914, de 2 heures à 6 heures

CONDITIONS DE LA VENTE

Elle sera faite au comptant.

Les adjudicataires paieront *dix pour cent* en sus des enchères.

Paris. — Imp. de l'Art, Ch. Berger, 41, rue de la Victoire.

DÉSIGNATION

MEUBLES

1 — Ameublement de salon, de style Louis XVI, en tapisserie à fleurs.

2 — Armoire normande Louis XV.

3 — Ameublement de salon, de style Louis XIV, composé d'un canapé, deux fauteuils et deux chaises, garnis en panne bleue.

4 — Canapé, de style Louis XV, en bois sculpté et doré, garni en étoffe brochée soie.

5 — Bergère en bois sculpté et doré, garnie en étoffe brochée soie.

6 — Encoignure en marqueterie de bois.

7 — Table de jeu en nacre burgautée. Ancien travail chinois.

7 *bis* — Deux tabourets. Même travail.

8 — Ameublement de chambre à coucher, de style Louis XVI, en acajou ciré orné de bronzes, composé d'une armoire à trois portes à glaces, d'un lit de milieu et d'une table de nuit.

9 — Ameublement de salle à manger en noyer sculpté et ciré, de style Louis XVI.

10 — Armoire normande Louis XVI en chêne sculpté.

11 — Poudreuse, de style Louis XV, en bois de rose.

12 — Vitrine à étagère en noyer sculpté, parties dorées.

13 — Secrétaire, de style Louis XV, en marqueterie, orné de bronzes.

14 — Bureau de dame en marqueterie de cuivre et d'écaille.

15 — Table de salon, de style Louis XVI, en noyer ciré, à filets de cuivre.

16 — Armoire anglaise en acajou, à tiroirs et porte à glace.

17 — Ameublement de salle à manger en chêne clair ciré. Modern-style.

18 — Secrétaire, de style Louis XV, en bois de rose, orné de bronzes.

19 — Guéridon-bouillotte en acajou, de style Louis XVI.

20 — Petit meuble à étagère, modern-style, noyer sculpté.

21 — Table de jeu en marqueterie, de style Louis XVI.

22 — Petit bureau en moucharabieh.

23 — Petite table en acajou, de style Louis XVI.

24 — Table à ouvrage en marqueterie, de style Louis XVI.

25 — Lit anglais en cuivre et sommier.

26 — Piano à queue d'*Érard*.

27 — Chaise pliante à moucharabieh.

28 — Table, de style Louis XV.

29 — Petite vitrine, de style Louis XVI, en bois sculpté et doré.

30 — Banquette de piano en bois sculpté et doré, de style Louis XVI.

31 — Deux tabourets de pied en bois sculpté, de style Louis XVI.

OBJETS D'ART

CURIOSITÉS

32 — Tzigane. Buste en marbre de Carrare.

33 — Jeanne d'Arc. Statuette en bronze patiné par DUSSART.

34 — Le Réveil. Statuette en bronze patiné, par DUSSART.

35 — L'Offrande. Statuette en bronze doré, par DUSSART.

36 — La Reconnaissance. Statuette en bronze patiné formant torchère, par DUSSART.

37 — Le Temps : « Il passe fauchant les heures ». Pendule en bronze patiné, par DUSSART.

38 — Cupidon. Statuette en marbre de Carrare, par BORELI.

39 — Antinoüs. Buste en marbre de Carrare.

40 — Diane. Marbre, d'après Falguière.

41 — Sphinx. Marbre, par Rossi.

42 — Horloge, de style Louis XIV, en marqueterie de cuivre et d'écaille, ornée de bronzes.

43 — Garniture de cheminée : pendule et candélabres en bronze ciselé et doré, de style Louis XVI.

44 — Surtout à glace, monture en bronze argenté, de style Louis XVI.

45 — Lampe en bronze ; à l'électricité.

46 — Paire d'appliques en bronze, de style Louis XIV.

47 — Le Dante. Buste en terre cuite, par Carrier-Belleuse.

48 — Jardinière, de style mauresque, en marbre onyx et bronze ciselé et doré.

49 — Cartel en chêne sculpté.

50 — Garniture de cheminée en bronze ciselé et doré, composée d'une pendule ornée de plaques en porcelaine décorée et de deux candélabres.

51 — Vase en cristal gravé, monté en bronze.

52 — Paire de grandes potiches en porcelaine de la Chine, décor à fleurs de pommier en blanc, sur fond bleu.

53 — Potiche en porcelaine de Chine fond vert, décor de fleurs en polychrome.

54 — Boîte à poudre et bonbonnière en métal argenté et gravé.

55 — Petite ménagère en porcelaine de Vienne.

56 — Sabre et poignard en morse sculpté. Travail japonais.

57 — Paire de vases, forme gourde, en porcelaine de la Chine, à décor bleu.

58 — Coffret en bois de teck et métal argenté et gravé.

59 — Soupière en porcelaine de Saxe.

60 — Divinité ancienne en bois sculpté et doré, dans sa pagode en laque noire.

61 — Dieu de la guerre. Statuette en bronze japonais.

62 — Brûle-parfums en bronze japonais, orné d'émaux cloisonnés à couvercle surmonté d'un oiseau aux ailes éployées.

63 — Chimère en bronze ancien de la Chine.

64 — Coupe à sacrifices en bronze japonais, à ornements en relief.

65 — Coupe à sacrifices en bronze japonais, ornée d'émaux champlevés.

66 — Brûle-parfums en bronze japonais : Dragon dans les flots.

67 — Autre brûle-parfums bronze ajouré, à couvercle surmonté du Kilin.

68 — Paire de vases en émail cloisonné polychrome et or, à décor de fleurs et papillons.

69 — Théière en ancienne porcelaine du Japon, à décor polychrome.

70 — Deux tasses et soucoupes en porcelaine du Japon coquille d'œuf, décor à personnages.

71 — Boîte en émail cloisonné du Japon bleu-turquoise.

72 — Paire de cachepot en porcelaine de Dresde, décor à fleurettes.

73 — Deux assiettes en porcelaine de Vienne.

74 — Tulipière en porcelaine de Nankin.

75 — Deux brûle-parfums en émail cloisonné bleu-turquoise.

76 — Paire de cassolettes en bronze japonais.

77 — Coupe à bonbons en porcelaine de Vienne, décor à figures.

78 — Brûle-parfums en émail cloisonné fond bleu, à couvercle en bronze ciselé et doré, anses à chimères.

79 — Éléphant en bronze japonais, orné d'incrustations de coraux.

80 — Jardinière en bronze japonais, décor en relief, du dragon dans les flots.

81 — Autre jardinière en bronze japonais, décor analogue à la précédente.

82-83 — Quatre fusils anciens, japonais.

84-85 — Deux boîtes anciennes en cuivre persan.

86 — Jardinière en porcelaine de Sèvres, bleu jaspé à filet or.

87 — Vase en porcelaine de Sèvres bleu jaspé et or.

88 — Vase en porcelaine de Sèvres fond vert.

89 — Vase en cristal fond rose, décor à fleurs de *Gallé de Nancy*.

90 — Autre vase, fond jaune de *Gallé*.

91 — Baigneuse, D'ALEGRAIN. Statuette en bronze.

92 — Vase en porcelaine de Paris blanc et or; anses à cariatides. Style Premier Empire.

93 — Service de toilette de neuf pièces en porcelaine décorée de Naudot, dans son écrin.

94 — Canard en fer gravé et démasquiné d'or. Travail persan.

95 — Paire de potiches en porcelaine de Chine, décor de fleurs et d'oiseaux.

96 — Panneau. Masques grotesques japonais.

97 — Cartel en noyer, de style Henri II.

98 — Appareil téléphonique.

99 — Paire d'appliques en bronze, forme carquois ; à l'électricité.

100 — Paire de potiches en porcelaine de Chine fond bleu fouetté, montées en bronze.

101 — Paire de vases en marbre et bronze, de style Louis XVI.

102 — Coffret en bois de teck et nacre gravée, à personnages. Travail tonkinois.

103 — Service de toilette en porcelaine de Nankin.

104 — Paire de vases en porcelaine de Chine, décor polychrome de fleurs et d'oiseaux.

105 — Paire de vases, forme baril, en porcelaine craquelée de la Chine, décor bleu à personnages.

106 — Vase en porcelaine de Bishu, supporté par des grotesques.

107 — Vasque en porcelaine craquelée de la Chine, décor à personnages.

108 — Porte-bouquet Ibis en grès de Chine.

109 — Divinité en porcelaine de Chine, à décor polychrome.

110 — Deux brûle-parfums tripodes en bronze japonais.

111 — Paire de vases en porcelaine de Chine, à décor de fleurs et d'arabesques.

112 — Garniture de trois potiches et deux cornets en porcelaine craquelée de la Chine.

113 — Paire de potiches en porcelaine de Chine, décor bleu à personnages.

114 — Tigre en bronze.

115 — Léopard en bronze.

116 — Carafe hollandaise en verre émaillé.

117 — Coffret en bois de teck et nacre gravée à personnages. Travail tonkinois.

118 — Paire de potiches en porcelaine de Chine, décor à personnages.

119 — Hibou, formant vase, en faïence de Choisy, à armoiries.

120 — Navire en nacre et bronze doré, formant vide-poches.

121 — Paire de vases en porcelaine décorée, à fleurs.

122-123 — Deux bonbonnières en émail bleu turquoise.

124 — Paire de petites gargoulettes en faïence hollandaise à médaillons, d'après Boucher.

125 — Deux bustes d'enfants en terre cuite.

126 — Paire de vases en porcelaine de Prague.

127 — Paire de grands vases à godrons en émail cloisonné du Japon, à décor de fleurs et d'oiseaux.

128 — Paire de vases plus petits, décor analogue aux précédents.

129 — Deux assiettes en porcelaine de Nankin, à personnages.

130 — Éléphant en bronze.

131 — Sabre japonais en ivoire sculpté à personnages.

132-133 — Deux statuettes : Musiciens. Porcecelaine allemande.

134 — Groupe de poissons, formant brûle-parfums, en bronze japonais.

135 — Paire de petits vases en émail fond vert.

136 — Surtout en porcelaine de Dresde.

137 — Groupe en porcelaine allemande : La Danse.

138 — Groupe en biscuit : Amour et Psyché.

139 — Deux jardinières en porcelaine de Saxe.

140 — Poisson, formant vase, en blanc de Chine.

141 — Paire de potiches en émail bleu turquoise.

142 — Deux gargoulettes en émail.

143 — Paire de petites potiches en porcelaine de Chine, à décor polychrome de fleurs et d'oiseaux.

144 — Deux tsoubos, à décor de fleurs.

145 — Corbeille ajourée en porcelaine de Saxe.

146 — Paire de potiches en émail cloisonné fond vert.

147 — Brûle-parfums. Lotus en bronze japonais.

148 — Coupe et bonbonnière en porcelaine de Saxe, décor de fleurettes.

149 — Paire de cornets en porcelaine de Chine, fond blanc, à décor bleu.

150 — Paire de potiches à thé en porcelaine de Chine, fond vert, décor à fleurs.

151 — Statuette d'enfant en porcelaine du Japon.

152 — Dame de qualité. Statuette en porcelaine du Japon polychrome.

153-154 — Deux sucriers en porcelaine de Vienne, décor à fleurs.

155 — Deux petits bustes. Électeurs de Saxe.

156 — Glace, cadre doré à fronton.

157 — Lustre en bronze à cinq lumières ; à l'électricité.

158 — Boîte en ivoire gravé. Travail chinois.

159 — Pi-tong en ivoire gravé à personnages. Travail chinois.

160 — Jongleur. Statuette en ivoire de morse.

161 — Bûcheron. Statuette en ivoire de morse.

162 — Personnage tenant une lanterne. Statuette en ivoire de morse.

163 — Bûcheron. Statuette en ivoire de morse.

164 à 169 — Six figurines, artisans japonais, en ivoire de morse.

170 à 175 — Seize netskés et figurines en ivoire.

176 — Un éventail Empire; une jumelle.

177-178 — Quatre petits vases et potiches en émail.

179 — Sucrier et théière en émail cloisonné polychrome et or.

180 — Tabatière en bois de teck, incrustée de nacre.

181 — Diablotin escaladant une cloche. Groupe en ivoire de morse.

182 — L'Adoration de Bouddha. Groupe en ivoire de Morse.

182 *bis* — Grotesques. Groupe en ivoire de morse.

183 — Netzuké en ivoire : Combat de cavaliers.

184 — Dame de qualité et enfant. Groupe en ivoire de morse.

185 — Étui en ivoire sculpté et découpé.

186 — Miniature en ivoire : Portrait de femme Louis XVI.

187-188 — Deux statuettes en ivoire.

189 — Guitare ancienne, incrustée de nacre et d'écaille.

190 — Coffret ancien en chêne, incrusté de nacre.

191 — Deux statuettes anciennes : Bouddha, en bois sculpté et doré.

192 — Bouddha ancien en bois sculpté, dans sa pagode en laque.

193 — Jardinière en cuivre émaillé de Damas.

194 — Christ, orné d'incrustations de nacre. Travail tonkinois.

195 — Deux vases et boîte à épices en émail de Canton fond bleu, à décor de paysages et personnages.

196 — Petit vase en émail de Canton, même décor.

197 — Plateau en émail de Canton fond bleu, décor de fleurs.

198 — Glace en cuivre ciselé. Travail oriental.

199 — Deux instruments de musique anciens chinois.

200 — Lampe de mosquée en cuivre ciselé. Travail oriental.

201 — Théière chinoise ancienne en pierre dure, décor dragon et fleurs, gravés et en relief.

202 — Trois statuettes en ancienne faïence chinoise.

203 — Croix-pendentif en or.

204 — Deux broches en corail, montées en or.

205 — Deux épingles anciennes en or et perles fines.

206 — Neuf cuillères anciennes en argent, gravées.

TABLEAUX ET DESSINS

207 — École italienne. Fleurs.

208 — Pastel. Portrait de Georges Ville, peintre et graveur.

209 — Pastel. Jeune femme, d'après Boucher.

210 — Castro (Paul de). La Seine au Trocadéro.

211 — Castro (Paul de). Femme au chapeau. Dessin rehaussé.

212 — Castro (Paul de). Rêverie. Dessin rehaussé.

213 — Six esquisses.

214 — École moderne. Le Golgotha.

TAPIS D'ORIENT

ÉTOFFES BRODÉES CHINOISES

215 — Tapis d'Orient fond vert pâle à petits dessins ; bordure crème. — Mesurant 4 m. 12 cent. sur 3 m. 12 cent.

216 — Tapis d'Orient fond crème, dessin varié ; bordure verte. — 5 m. 55 cent. sur 3 m. 25 cent.

217 — Tapis d'Orient fond rose uni, à rosace et bordure verte. — 4 m. 50 cent. sur 3 m. 35 cent.

218 — Tapis d'Orient fond vert, à bordure crème. — 5 m. 10 cent. sur 4 m. 05 cent.

219 — Portière ancienne, chinoise, brodée en soie, à personnages.

220 — Tapis de table fond rouge, brodé au dragon.

221 — Veste en soie brodée fond rouge, à fleurs.

222 — Tenture chinoise fond rouge, brodée à armoiries et personnages.

223 — Kimono broché et lamé fond mauve : Dragon et oiseaux.

224 — Kimono fond bleu broché et lamé, à fleurs.

225 — Lot de tapisseries pour sièges en tapisserie d'Aubusson.

226 — Grand tapis persan fond jaune ancien velouté, à médaillons et bordures polychromes. — 6 m. 50 cent. sur 4 mètres.

227 — Sous ce numéro, seront vendus les objets omis au Catalogue.

www.ingramcontent.com/pod-product-compliance
Ingram Content Group UK Ltd.
Pitfield, Milton Keynes, MK11 3LW, UK
UKHW020541180726
13839UKWH00006B/2640